토끼의 식사법

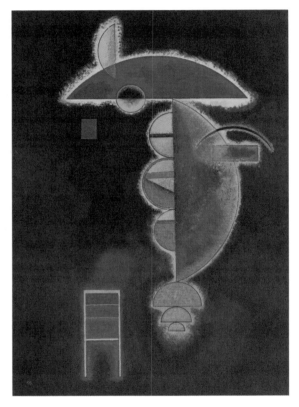

바슬리 칸딘스키(Wassily Kandinsky), 우울한, 1929

토끼의 식사법

조재도

달
돋
살

지그문트 발리셰브스키(Zygmunt Waliszewski), 사랑의 섬, 1935

서문

이 책은 '시로 쓴 우화, 우화로 쓴 시'이다. 시집으로 치면 17번째 시집인데 우화집의 성격을 띠게 되었다. 70편을 실었고, 모든 작품은 새로 쓴 것이다.

   토끼는 그렇게 마음이 아픈 채로
   서로에게 아끼는 풀을 내어주며 사는 것이
   삶이란 걸 몰랐다.

표제시로 쓴 「토끼의 식사법」 마지막 구절인데, 많은 생각이 머문다. 집 앞의 풀은 아껴두고 멀리 가 다른 곳의 풀을 뜯어 먹고 오는데, 그러다 보니 서로가 서로에게 아끼는 풀을 내어주며 사는 것이 삶이라니.

이 책이 세상에 나가 어떻게 소화될지 궁금하다. 우화니까 우화로 재밌게 읽혔으면 좋겠다. 출판을 허락해준 달아실출판사에게 감사하다.

2025년 5월
조재도

차례

14 y'rs

토끼의 식사법

토끼는
보금자리 주변의 풀은 먹지 않는다
아껴 두었다 나중에 먹으려고.

먼 곳으로 달려가
남의 집 앞의 풀을 뜯어 먹고
집으로 온다.

그러는 사이
다른 토끼가
집 앞에 남겨둔 풀을
다 뜯어 먹는다.

돌아온 토끼는 화가 나고 마음이 아프다.
토끼는 그렇게 마음이 아픈 채로
서로에게 아끼는 풀을 내어주며 사는 것이

삶이란 걸 몰랐다.

윌리엄 해밀턴(William Henry Hamilton Trood), 식사 시간, 1890

달팽이 뿔

세상에서 가장 작은
달팽이 뿔

싸우기로 하면 그곳도 넓다.

가와나베 교사이(Kawanabe Kyōsai), 달팽이 대 악마, 1800

토마스 워터맨 우드(Thomas Waterman Wood), 황제펭귄, 1871

펭귄의 구애

수컷 펭귄에게 사랑하는 자기가 나타났습니다.
수컷 펭귄은 바닷가로 달려가 돌을 고르기 시작합니다.
가장 둥글고 아름다운 돌을 골라
그 돌을 앞에 놓고 구애합니다.
이 돌처럼 예쁘고 단단한 집을 지어
당신을 사랑하고
살을 에는 남극 칼바람을 막아주겠다고.
펭귄에게 돌은 인간의 아파트 열쇠보다
더 귀하답니다.

참는다

사람도 없는 빈방에 혼자 돌아가는 선풍기가
사다 놓은 지 보름도 더 지난 냉장고 속 무가
3년째 안 입고 옷장에 걸려 있는 티셔츠가
던져놓고 빨지 않는 빨래 뭉치가
나사 풀려 삐걱대는 의자가
칼금이 무수히 나 있는 도마가
험한 말도 다 들어주는 전화기가
80시간도 더 지난 밥솥의 타이머가
주인에게 소리친다

우리도 참는다!

당신만 참는 게 아니라고요.

타데우시 마코우스키(Tadeusz Makowski), 팔레트가 있는 자화상, 1930

지렁이

흙 파먹고
흙 똥 싸고
반지하에 살다가
비가 와 물이 차
땅 위로 올라왔더니
아뿔싸, 흙이 없구나.

아놀드 피터 와이즈-쿠빈칸(Arnold Peter Weisz-Kubínčan), 구성, 1930~1940

늙은 곰과 얌체 곰*

겨울잠에 들기 전, 곰은 제 몸을 바위나 나무 기둥에 부딪쳐보고 땅바닥에 구르기도 하여, 아무 이상이 없을 때 겨울잠에 든다. 이는 아마도 땅속에서 잠을 자는 동안 자기도 모르는 사이 죽음을 맞지 않기 위한 곰의 지혜이리라.

또 곰은 겨울잠에 들기 전, 주변의 나무나 바위에 까치발로 서서 한껏 제 키에 맞는 금을 그어둔다. 여기 터 잡은 내가 이 정도로 덩치가 크니 나보다 작은 것들은 아예 얼씬대지 말라는 뜻에서이리라.

늙은 곰이 있었다. 겨울잠에 들기 전 늙은 곰은 땅바닥에 몸을 굴려 스스로 건강진단도 해보고, 터 잡은 주위 나무 기둥에 앞발로 금도 그어놓았다. 이제 늙은 곰은 겨울잠을 자기 위한 만반의 준비를 끝낸 것이다. 남은 일은 마지막 오줌을 싸고 편안히 잠자리에 드는 일뿐. 늙은 곰은 오줌을 싸기 위해 잠깐 바위 뒤로 몸을 숨겼다. 그

바실리 칸딘스키(Wassily Kandinsky), 곰, 1907

때 얌체 곰이 나타나 늙은 곰이 그어놓은 나무 기둥에
더 높이 금을 그었다. 늙은 곰보다 작았지만 얌체 곰은
꾀를 내어 재빨리 돌을 갖다 놓고 그 위에 올라가 금을
그었던 것이다.

오줌을 누고 돌아온 늙은 곰은 새로운 침입자가 있음을
알고 놀랐다. 그것도 제가 그어놓은 금보다 더 높이 그어

진 것으로 보아 감히 대적할 수 없는 상대라니!

늙은 곰은 하는 수없이 다른 곳에 터를 잡기 위해 그곳을 떠났다. 늙은 곰이 가는 곳마다 얌체 곰은 따라왔고, 쫓겨 가면서 늙은 곰은 절망했다. 대체 이 산중에 나보다 더 큰 놈이 누구란 말인가? 그놈하고 한 번 맞붙어 싸워볼까? 그러나 늙은 곰은 대가리를 절레절레 내두를 뿐 또다시 자리를 떴다. 자기가 그어놓은 금보다 더 높이 그어진 금을 보며 늙은 곰은 싸울 용기가 나지 않았다.

그해 겨울, 늙은 곰은 어느 동굴의 문턱에서 얼어 죽었다.

* 시튼의 『동물기』 중 「회색곰 왑의 일생」에서 영감을 얻음.

달팽이 배짱

달팽이 느리다고
등 떠밀지 마라.
아무 힘없는 달팽이
화나면 그 자리에 우뚝 서
꿈쩍 안 한다.

알프레드 아르튀르 브루넬 드 누빌(Alfred-Arthur Brunel de Neuville),
달팽이와 호기심 많은 고양이들, 연대 미상

장미꽃과 가시

꽃이 피는데
네가 한 일이 뭐냐고
잎들이 가시에게 손가락질하였다.

햇빛은 따스한 손길로 온기를 가져다주고
물은 한낮의 목마름을 달래주고
바람은 살랑살랑
열 오른 이마를 식혀주지만
가시 너는 날카로운 눈빛이나 번뜩일 뿐.

그때였다.
맥없이 의기소침한 가시에게
장미꽃이 속삭였다.

고마워, 그래도 나는
너를 믿고 피어났거든.

오귀스트 르누아르(Pierre-Auguste Renoir), 장미 속의 코코, 1905

모기와 인간

뒤꼍 풀숲에서 모기들이 인간을 성토했다.
"인간들이 제일 잔인해.
다른 동물들은 우리가 피를 빨면
쫓기만 하지 죽이지는 않잖아?
인간은 꼭 죽이려 들지."

그러면서 이랬다.
"인간은 우리보다 더 한심해.
우리는 살기 위해 어쩔 수 없이 피를 빨지만
인간은 온갖 쾌락을 위해
빨대 박고 죽을 때까지 단물을 빨잖아?"

에드바르 뭉크(Edvard Munch), 흡혈귀, 1893

지는 꽃

지는 꽃은 행복하다. 첫새벽 봉우리에서 피어나, 꽃의 절정 정오를 지나, 저녁노을 빛깔로 번지는 꽃. 이제 한시름 놓아도 좋은 꽃. 행복은 늘 긴장을 푸는 쪽에 있으니까.

카지미에스 스타브로스키(Kazimierz Stabrowski), 타오르미나 풍경, 1901

말뚝

표지판대로
(표지판은 누가 세웠나)
몰려가는 사람들
따라가지 않고
제자리에 우뚝
서 있는 말뚝.

폴 카도레트(Paul Cadorette),
피노키오: 교차로 표지판이 있는 장면, 1934~1943

하늘이 무너졌다

생쥐 한 마리가 잠을 자고 있었다. 그때 지붕의 흙덩어리가 머리로 톡 떨어졌다. "이크, 하늘이 무너졌구나." 생쥐는 정신없이 일어나 "하늘이 무너졌다! 하늘이 무너졌다!" 소리를 지르며 달렸다. 생쥐가 달리자 그 뒤를 따라 강아지가 달리고, 강아지가 달리자 암탉이 망아지가 외양간의 소가 급히 뒤쫓아 뛰어가고, 산짐승인 다람쥐와 여우도 같이 달렸다. "하늘이 무너졌다! 어서 피해라!" 급기야 먹이 사냥을 위해 두 눈을 동그랗게 뜨고 있던 부엉이한테까지 들려왔다. "하늘이 무너졌다고? 아무 일 없는데." 부엉이가 고개를 두리번거리며 하늘을 살펴보았지만 별이 총총 뜬 밤하늘은 무너지지 않은 채 그대로였다.

윌리엄 헨리 워커(William Henry Walker),
공화당 코끼리가 관세 개혁을 대표하는 쥐에 올라타다, 1903

빨래집게

말 많은 세상에 입이 있어도 평생 말 한마디 없으셨던 분이
한마디 말을 남기고 절명하시었다.

툭!

존 슬론(John Sloan), 여자의 일, 1912

오리의 맨발

오리야, 넌 왜 겨울에도 맨발이니?
바보야, 그럼
물갈퀴 위에 양말 신니?

윈슬로 호머(Winslow Homer), 오른쪽과 왼쪽, 1909

도시인

불빛 휘황한 아파트 단지에서
매미 소리 시끄럽다 투덜대지 마라.
넌 언제 저렇게 가슴 찢어지게 울어보았느냐.

미쿨라시 갈란다(Mikuláš Galanda), 우는 여자들, 1938

혀

주인이 암만 잘해줘도
우린 우리끼리 만나는 게 최고여.
사람은 귀엽다고 손으로 쓰다듬지만
우린 혀로 핥잖아.

타데우시 마코우스키(Tadeusz Makowski), 소녀와 개, 1927

생쥐와 할머니 고양이

생쥐들이 놀고 있는 놀이터 옆으로 늙은 할머니 고양이가 두 손에 짐을 잔뜩 들고 지나가고 있어요. 할머니 그짐 이리 주세요. 생쥐 한 마리가 다가와 말했어요. 에휴, 고마워서 어쩌나. 할머니 고양이가 이빨이 다 빠진 입으로 오물오물 말했어요. 고맙긴요, 어디까지 가세요? 응, 요 아래 고양이 마을. 할머니 고양이가 발톱이 다 빠진 앞발을 들어 가리켰어요. 생쥐와 할머니 고양이가 나란히 길을 가요.

*

아니 그래 생쥐가 어머니를 도와주었다고요? 아들 고양이가 날카롭게 소리쳤어요. 내 그놈의 생쥐 가만두나 봐라. 감히 생쥐 주제에 우리 고양이를 도와줘? 아들 고양이가 흥분해서 씩씩거려요.
얘야, 그런 소리 마라. 고양이도 늙으면 생쥐하고 똑같아

진다. 생쥐도 어려서는 고양이 무서운 줄 모르고. 아, 사람도 봐. 어려서는 아무것도 모르고, 늙으면 어린애하고 똑같아지잖니?

좌우명

거북이, 더 빨리 뛰자!
토끼, 낮잠 자지 말자!
뱀, 계단도 기어오르자!
파리, 피하자 파리채!
나방, 새 다리에 방울 달자!
아이들, 교실에서 정숙하자!
조폭, 차카게 살자!
안 돼도 되게 하는
좌우명.

악셀리 갈렌 칼렐라(Akseli Gallen Kallela), 야생동물을 이끄는 쿨레르보, 1917

억울한 달걀

달걀은 억울하다.
톡 깨서 후라이 해 먹고,
달달 저어 찜도 해 먹고,
잔치국수 고명에,
달걀말이에,
심지어 달걀에서 난 닭으로
삼계탕이다 양념치킨이다
갖은 요리 다 해 먹으면서
한 번도 달걀에게 고맙다는 사람
보지 못했다.

헨드릭 블루마르트(Hendrick Bloemaert), 달걀 파는 노인, 1632

누더기

우리는 버려도
너무 많이 버린다.

침대도 버리고
강아지도 버리고
애인도 버린다.

새것을 구하려다
누더기 된다.

바친스키(L. Barciński), 청소부, 1886

모기

모기가 가장 얄미운 것은
제 손으로 제 몸을
때리게 하기 때문.

로비스 코린트(Lovis Corinth), 카인, 1917

양 떼*

양은 어딜 가든 흩어진다. 먹이나 물을 찾아가는 것이 아니라 그냥 흩어진다. 양은 제힘으로 물과 풀을 찾지 못한다. 다른 동물들은 멀리서도 물 냄새를 맡아 찾아가지만 양은 그러지 못한다. 목자들이 다른 곳에 몰아다 놓아야 그곳에서 물을 마시고 풀을 뜯는다. 물도 물살이 빠른 물은 마시지 못한다. 그래서 목동은 매일 양 떼를 푸른 초원과 잔잔한 물가로 인도해야 한다. 양은 한 마리가 울면 다른 양들은 아무 생각도 없이 그냥 따라 운다. 한 마리가 물에 빠지면 다른 무리도 물에 뛰어든다. 더운 여름밤엔 몸을 붙여 자고 추운 겨울밤엔 혼자 떨어져 잔다. 오죽하면 예수님이 사람을 양 떼에 비유했겠는가.

* 카프리 보웬의 「왜 양인가」에서 영감을 얻음.

알프레드 플라우조(Alfred Plauzeau), 양 떼, 연대 미상

대왕문어

눈알 하나가 농구공만 한 대왕문어가 있었다. 대왕문어
는 자기가 먹이 사냥을 직접 하지 않고 다른 물고기들이
갖다 바치는 음식을 먹고 살았다. 굵고 큰 다리를 구불
구불 움직여 깊은 바다 밑을 천천히 이동할 때는 다른 물
고기들까지 모두 존경의 표시로 움직임을 멈춘 채 고개
를 숙였다.

대왕문어도 5백 년에 한 번씩 바다 위로 떠올라 숨을 쉬
어야 했다. 그런데 이때 바다 위에 다리를 걸쳐놓을 나무
토막이나 널빤지라도 있어야 하는데, 그게 없으면 물 밑
으로 내려가 5백 년을 기다렸다가 다시 떠올라 숨을 쉬
어야 했다.

5백 년 만에 망망대해로 떠올랐을 때 거기 나무토막이나
널빤지가 있을 확률. 그걸 일컬어 천재일우(千載一遇)라
고 하는데, 사람에게도 일생에 한 번은 그런 기회가 있다
고 한다.

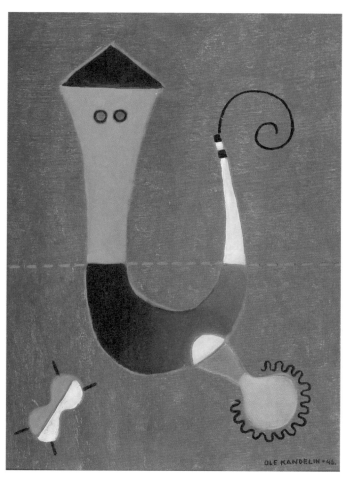

올레 칸델린(Ole Kandelin), 구성, 1946

돼지들 1
― 美는 허약하다

돼지들이 서로 예쁨을 뽐내고 있다.
난 속눈썹이 젤 예뻐, 길고 그윽하잖아.
난 코야, 도톰하게 튀어나와 자유자재로 움직이니까.
난 아무래도 몸매야, 어깨에서 엉덩이까지 일자로 쭉 빠
졌잖아.
내 다리는 어떻고, 짜리몽땅하지만 몸 전체를 떠받쳐주
잖아.
난 내 몸에서 젤 예쁜 데가 꼬리 같아.
반지처럼 동글게 말려 올라간 이 꼬리 좀 봐.
그렇게 서로 예쁨을 자랑하느라 정신이 없는데
그때 사육장 문이 덜컹 열리고
돼지들은 끌려 나가 삼겹살이 되었다.

브리튼 리비에르(Briton Rivière), 키르케와 돼지들, 1871

돼지들 2
— 밤의 정치

왕돼지가 있었다.
머리에 왕관을 쓰고 살진 몸에 용포를 걸쳤다.
한 나라를 다스리다 보니 그의 손이 미치지 않는 곳이 없
었다.
그가 한번 꿀꿀대면 그 밑의 졸돼지들은
꿀꿀꿀꿀 시끄럽게 울었다.
나라 전체가 돼지 소리로 요란했다.
왕돼지는 늘 바빴다, 어느 날은 대형 사고 현장도 살피고
폭우가 내린 날은 물난리 현장도 다녀갔다.
늘 긴장하여 나라 곳곳을 살폈다.
그러나 역대 여느 돼지들처럼
왕돼지도 이곳에서만은 방심했다.
왕관과 용포를 벗고 잠옷으로 갈아입은 곳
둘이 누우면 편안한 침대였다.
밤의 침대에서 왕비돼지는
왕돼지가 하는 일에 일일이 토를 달며

그날 받은 진주 귀고리, 명품 시계에 대해 이야기했다.

뉴웰 컨버스 와이어스(Newell Convers Wyeth), 키르케와 돼지들, 연대 미상

돼지들 3
— 신친일파

마이크 앞에 앉은 한 돼지가 힘주어 말했다.
돼지 나라 고위 관료가 될 돼지였다.
늑대 강점기 돼지족(族)의 국적이 어디냐는 질문에
그가 당연히 늑대국이라고 대답했다.
그러면서 그는 두 눈을 세모지게 뜨고
그것도 몰랐느냐며 질문자를 호통쳤다.
뒤에서 팔짱 낀 늑대들이 킬킬거렸다.

프란츠 마르크(Franz Marc), 늑대 두 마리, 1913

돼지들 4
— 오, 진주

돼지에게 진주를 던져주지 마라.
오, 그런데 던져주셨군요.
누워 있던 돼지들이 벌떡 일어나
돼지 나라 사육장이 갑자기 꿀꿀대는 돼지 소리로 요란
합니다.
던져준 진주를 물고
이리 뛰고 저리 뛰고 난리가 났습니다.
그전 돼지들은 먹을 것이 있으면
통째로 삼키려고 덤볐습니다.
그러다 목에 걸려 못 삼켰지요.
역사 교과서 문제도 4대강 사업도.
그런데 이번 돼지들은 정말 다릅니다.
역사 교과서는 이미 장악
전국의 댐 공사는 벌써 시작
작게 쪼개어 삼켜버렸습니다.
건국절, 돼지족 국적 논란, 제 세상을 만나

아주 신이 났습니다.

그러게 진주를 던져주지 말았어야죠.

에밀 베르나르(Emile Bernard), 여자와 돼지들, 1889

돼지들 5
— 권력자의 말

왕돼지가 대국민 기자회견을 열었다.
갈수록 지지도가 떨어져
까딱하면 탄핵당해 왕좌에서 쫓겨날 판이었다.
왕돼지는 눈에 힘을 빡 주고 손을 휘저으며
의자에서 일어나 고개 숙여 인사까지 하면서
열심히 회견했다, 140분 동안.

회견을 보고 있던 돼지①은
왕돼지가 무슨 말을 하는지 알 수 없었다.
왕돼지의 말은, 버스 정거장이 어딨어요 하고 물으면
방앗간 옆에 있다, 그럼 방앗간은 어딨어요 하면
버스 정거장 옆에 있다, 는 식이었다.

돼지①이 돼지②를 찾아갔다.
기자회견 보았냐는 말에
"야, 넌 왜 그딴 걸 봐? 권력자의 말이라는 게 다

빙빙 돌려서 헷갈리기만 하는데."

돼지①은 돼지②의 핀잔에 할 말을 잃었다.

왕돼지가 원망스러웠다.

찰스 헨리 베넷(Charles Henry Bennett), 사자의 법정, 1857

앙리 루소(Henri Rousseau), 사자의 식사, 1907

사자 부부

사자 부부가 살았습니다.
어느 날 암사자가 말했습니다.
여보, 당신은 백수의 왕이면서
죽어서 무엇을 남길래요?
호랑이는 죽어서 가죽을 남기고
사람은 죽어서 이름을 남긴다잖아요.
당신은 뭘 남겨요?
가만히 듣고 있던 수사자가 말했습니다.
꼭 뭘 남겨야 하나?
이렇게 살다 조용히 가면 되지 머.

아기 사자의 고집 1

아기 사자가 있었다.

아기 사자는 엄마를 아빠라고 하고

아빠를 엄마라고 했다.

아빠 사자가 앞발로 아기 사자의 머리를 콩 쥐어박으며

아빠를 아빠라고 하라고 했다.

내가 누구야?

엄마!

이늠쉬키, 아빠야 아빠!

그래도 아기 사자는 엄마라고 했다.

아기 사자를 정신과에 데려갔다.

질문도 많이 하고 검사도 많이 했다.

이상 없으니 좀 더 두고 보자고 했다.

아빠 사자가 화를 냈다.

엄마 사자가 울었다.

상담소에도 가고 점집에도 갔다.

가는 곳마다 다 고개를 내저었다.

이상하네, 아무 이상 없는데.
혀를 끌끌 차기도 했다.
아기 사자가 말버릇을 바꾸지 않자
엄마 하면 아빠 사자가 대꾸했다.
아빠 하면 엄마 사자가 달려왔다.
아무리 백수의 왕 사자라도
아기 사자의 고집을 꺾을 수 없었다.

앙리 루소(Henri Rousseau), 꿈, 1910

작가 미상, 사자 가족, 1874

아기 사자의 고집 2

아빠 사자가 물었다.

넌 커서 뭐가 되고 싶니?

아기 사자가 천연덕스럽게 대답했다.

아빠 같지 않은 사자.

그러자 이번에는 엄마 사자가 다시 물었다.

엄마 같지도 않은 사자.

엄마 아빠의 기분이 살짝 잡쳐서

왜?

둘이 똑같이 물으니

난 엄마 아빠처럼 안 싸울 거야.

윌리엄 월리스 덴슬로(William Wallace Denslow), 사자는 죽을 조금 먹었다, 1900

아기 사자의 고집 3

어느 날 아기 사자가 우유 맛을 보게 되었다. 그 후 아기 사자는 엄마 사자의 젖을 먹지 않고 우유를 달라고 떼썼다. 엄마 젖은 맛이 없다는 게 그 이유였다. 엄마 아빠가 아무리 달래고 구슬려도 아기 사자는 막무가내 우유만 달라고 떼썼다. 하는 수 없이 엄마 아빠 사자는 젖소 한 마리를 몰고 와 아기 사자에게 우유를 짜 주었다. 우유를 먹기 시작한 아기 사자는 젖소를 엄마, 엄마라고 불렀다. 엄마 사자가 엄마는 자기라고 아무리 달래고 윽박질러도 아기 사자는 끝까지 젖소를 엄마라고 했다.

아기 사자의 고집 4

아기 사자가 한글 공부를 하는데, 아 야 어 여 오 요 우 유, 여기까지만 하고 그 뒤에 있는 으 이는 아무리 가르 쳐줘도 몰랐다. 이늠쉬키, 너 누구 닮아서 이러니? 아빠 사자가 화를 냈다. 아기 사자는 자기가 먹는 우유까지만 알고 그 뒤는 까맣게 몰랐던 거다. 이러다 보니 아기 사 자는 엄마도 몰라보고 한글 공부도 못할 지경이 되었다. 고심 끝에 엄마 아빠 사자는 아기 사자의 우유를 강제로 끊게 했다. 아무리 아기 사자가 울고불고 발버둥쳐도 우 유 대신 엄마 사자의 젖을 주었다.

필립 드 라슬로(Philip Alexius de László), 사자 인형을 안고 있는 아이의 초상, 1927

구르 고양이 냥이

고양이 냥이는 혼자 살면서도 외로움을 느끼지 않았다. 외로움, 고독, 이런 말을 알기는 했지만, 그런 감정을 느껴본 적이 단 한 번도 없었다. 가히 외로움과 고독의 절대 강자였다. 여느 고양이들은 외로워 처량한 소리로 울기도 하고, 나무 기둥이나 튀어나온 돌에 몸을 비벼대며 몸부림쳤지만 냥이는 그런 일이 전혀 없었다. 그래서 여느 고양이들은 냥이를 구르(스승)라고 불렀다.

그런 구르 고양이 냥이에게 다른 고양이들이 몰려들었다. 사랑하다 이별한 고양이, 배우자를 먼저 하늘나라로 떠나보낸 고양이, 과거의 일로 트라우마가 있는 고양이, 연애를 아예 못 해본 고양이들이었다. 고독과 외로움에 몸부림치는 고양이들이 외로움에서 벗어날 길을 물을 때마다 구르 냥이의 대답은 한결같았다.

"외롭다고 생각하니까 외로운 거다."

앵? 너무나 당연한 말을 너무나 당연하게 하지 않는가? 외로운 고양이들은 그 말의 평범함에 놀랐다. 외롭다고 생각하니 외롭다? 이건 당연한 말 아닌가? 결국 외로움도 생각하기에 달렸다는 것 아닌가? 그렇다면 외로움은 감정이 아니고 생각이란 말인가? 외로운 고양이들은 헷갈렸다. 왜냐면 외로움은 자기들도 어찌할 수 없는 감정이라고 생각했기 때문이다.

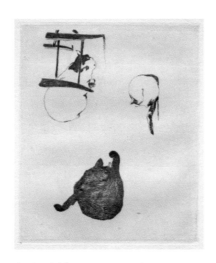

에두아르 마네(Édouard Manet), 고양이들, 1868~1869

성(聖) 프란체스코

아씨시의 성 프란체스코
새와 꽃에게 설교하신 분이라지.

새에게 설교할 땐
모여든 새들 한 마리도 날아가지 않았다지.
꽃에게 하느님 찬양할 땐
한 송이도 고개 돌리지 않았다지.

눈 오는 날
새 모이 들고 산에 올라
"얘들아, 이리 와 이거 먹어.
춥지? 배고프지?"
뿌려주어도
있던 새마저 도망가는

나는 왜 도망가지?

마음은 이미 성 프란체스코인데
나는 왜 새들이 도망가지?
얘들아, 니들 왜 나 보고 도망가니?

옌스 쥬엘(Jens Juel), 바조코라고 불린 로마의 난쟁이 프란체스코 라바이, 1773~1776

빌헬름 코타르빈스키(Wilhelm Kotarbiński), 자살의 무덤, 1900

공동체

이제 인간에게 남은 확실한 공동체는
무덤 공동체뿐

혈연 지연 학연은
이미 무너진 지 오래

무덤 공동체도 요즘 무너지고 있다.
사람들이 전처럼 잘 안 죽어서.

개싸움

아침부터
해장국집 주인아줌마와 그 옆집 아줌마
싸움이 붙었다.

- 왜 네년 가게 앞에 내린 눈을 우리 집 앞에 쓸어부쳤
네?
- 저, 저년 주딩이 찢어졌다고 해대는 소리 좀 봐!

한 치의 물러섬 없는
개 잇바디
왈, 으르르

아침 댓바람에
시퍼렇게 떠다니는
원한, 적의

부자들은 외제 차 타고

사우나 가는데.

드미트리 스텔레츠키(Dmitry Stelletsky), 싸움, 1918

진통제 한 알

진통제는 늘 억울했습니다. 먹을 때뿐이라는 인간들의 하소연이 끊이지 않아서였습니다. 아무리 사기가 아니라고 해도 아무도 그 말을 믿어주지 않았습니다. 칼날 같은 고통을 잠재우고 아픔의 해일을 진정시켜주지만 그 효과를 몰라주는 사람들이 야속했습니다. 어느 날 진통제는 사람들에게 따졌습니다. 슬픔과 고통에는 지름길이 없어서 그저 견디는 수밖에 없다고. 그런데도 사람들하는 짓이 그게 뭐냐고. 술 먹고 도박하고 방황하고 불륜에 빠지고. 이런 건 인생의 진통제 아니냐고. 지금까지진통제 안 맞고 견디는 사람 한 사람도 못 봤다고.

카라바조(Caravaggio), 젊은 병든 박카스, 1593

주머니

옷에 달린 주머니가 처음으로 양심 고백을 했습니다.
여자 옷에 비해 남자 옷에 주머니가 더 많다고.
주머니는 부와 권력의 상징
윗주머니 아랫주머니 앞주머니 뒷주머니
안주머니 속주머니 호주머니 봉창
예로부터 남자들은 주머니에 넣을 게 많았다고.
그런 사회를 일러 가부장 사회라고 한다고.

파울 클레(Paul Klee), 감각의 가면, 1927

파울 클레(Paul Klee), 꽃꽂이 1, 1939

질경이

키가 작으니
무릎으로 서 있다.
끈질기니
이름도 질경이겠지.
긴 꽃대에
꽃이 피었다.
밀가루처럼 희끗희끗 붙어 있는 꽃
무릎으로 서 있지만
무릎 꿇지 않는다.

채식 사자를 기른다

사자라고 다 고기만 먹는 것은 아니야.
그러니까 누의 살을 찢고
임팔라의 목을 물어 질식시키는
그런 장면만 보여주는
동물의 왕국은 잘못됐어.
난 채식하는 사자를 키워.
어려서부터 이 사자는 채식만 했지.
이빨도 날카롭고
발톱도 사납지만
고기를 먹지 않아.
피 냄새를 싫어해.
거짓말 말라구?
어디 한 번 보여달라고?
안 믿는 게 당연하겠지.
한 번도 본 적이 없는 걸 믿기는 어려우니까.
더구나 상상도 못 하니

믿기는 더 어렵겠지.

크기가 얼만하냐고?

다른 사자하고 똑같아.

그런데 그걸 집에서 키우냐고?

그래 내 마음의 집에서 키워.

왜 이상하니?

네 마음속엔 육식 사자만 살지?

내 마음속엔 채식 사자가 살고 있거든.

파울 클레(Paul Klee), 사자들의 자존심, 1924

오리 학교

오리 학교 교장 선생님은 조회 때마다
예절이 필요하다고 말씀하신다.

오리 교실 담임선생님은 매일
정숙이 필요하다고 말씀하신다.

난 엄마가 필요한데.

파울 클레(Paul Klee), 작은 정원 유령, 1929

상대적

수저통에 담긴 쇠젓가락은
한 쌍이 늘 붙어 있는 나무젓가락이 부럽고

한 번 쓰고 버려지는 나무젓가락은
오래도록 굳센 쇠젓가락이 부럽고.

*

크리넥스 화장지는
둘둘 풀려나오는 두루말이 화장지가 부럽고

두루말이 화장지는
하나하나 뽑아 쓰는 크리넥스가 부럽고.

*

우동은 까만 짜장이 부럽고
짜장은 하얀 우동이 부럽고.

에드바르 뭉크(Edvard Munch), 질투, 1913

축구 인생

인생에 전반전 후반전
축구에도 전반전 후반전
전략이 있고 반칙이 있고
태클도 있고 역전승도 있지만
인생에 연장전은 없다.

미쿨라시 갈란다(Mikuláš Galanda), 공놀이, 1930

현대인

짐승과 기계 사이

낀 현대인.

존 헬드 주니어(John Held, Jr.),
겨울 동안 가게 현관에 서 있는 남자에게 길 안내를 받는 차를 탄 남자, 1923

한 대야

아침 세수하는데
한 대야의 물이면 족하다.
강물 전체를 퍼오려는 사람아.

오노레 도미에(Honoré Daumier), 정말 어리석은 생각이었어, 1849

일타 강사

아무리 훌륭한 일타 강사 오리도
병아리를 헤엄치게 할 수는 없네.

윌리엄 헨리 워커(William Henry Walker), 노인이 책으로
그를 가르치려 하는 동안에도 14세 소년은 허공을 바라보며
공상에 잠겨 있다, 1911

문답

그 일을 왜 하세요?
재밌잖아요!
그뿐이었다.

조지프 크리스천 레이엔데커(Joseph Christian Leyendecker),
마블 게임, 1925

우리들 모습

꽥 꽥 꽥 꽥
녹두알만 한 눈 두리번거리며
뒤뚱뒤뚱 오리 떼가 어디론가 가고 있다.

백 마리
천 마리
수십만 마리

앞서가는 오리 따라 뒤뚱뒤뚱
어디로 가는지 아무도 모르면서
앞서가는 오리 따라 무턱대고 가고 있다.

몰이꾼 뒤만 쫄래쫄래 따라간다.
우리들 모습.

브루노 릴리에포르스(Bruno Liljefors), 솜털오리 떼의 비행, 1901

지네의 발

두꺼비가 지네에게 물었다.
"지네야, 넌 그 많은 발로 어떻게 걷니?"
두꺼비 물음에 지네는 갑자기 아연해졌다.
어? 정말 내가 어떻게 걷지?
지네가 생각해도 신기하기만 했다.
그 많은 발로 스르르 잘도 걸었으니까.
그런데 그걸 말로 설명할 수 없었다.
의식하지 않고 걸을 땐 잘 걸었는데
어떻게 걷는지 생각하며 걸으려니
자꾸만 발이 꼬여
한 걸음도 앞으로 나아갈 수 없었다.*

* 이런 현상을 두고 사람들은 '지네의 딜레마'라고 부른다.

아서 래컴(Arthur Rackham), 마녀 시코락스, 연대 미상

분재 소나무

커다란 고급 도자기 화분에서 자라는 분재 소나무. 어려서부터 철사로 가지를 비틀어 고정시켜 주인이 원하는 모습을 하고 있어요. 이쪽 가지는 구불구불하고 저쪽 가지는 비틀어지고. 아침저녁으로 주인은 분재 소나무를 쓰다듬고 물을 주며 귀여워했어요.

어느 날 분재 소나무가 산에 있는 소나무를 만났어요. 분재 소나무는 대뜸 자신의 아름다움과 주인에게 사랑받음을 자랑했어요. 그러면서 하는 말, "너도 귀염받고 살아. 낙락장송의 꿈 같은 건 포기하라고."

프란츠 폰 슈투크(Franz von Stuck), 놀림, 연대 미상

찰스 해밀턴 스미스(Charles Hamilton Smith),
아이슬란드 수르트쉘리르 동굴, 연대 미상

두더지 터널*

산을 가운데 두고
서로 그리워하는 두더지 두 마리가 살았습니다.
어느 날 두더지는 터널을 뚫어 만나기로 약속했습니다.
둘은 매일 카톡을 주고받으며
일의 진행을 서로에게 알렸습니다.
드디어 마주 오는 두 터널이 정중앙에서 만나는 날,
아뿔싸, 그런데 이게 웬일입니까.
터널이 가운데서 딱 만나지 못하고 어긋나버렸습니다.
낙심천만이었지만 그러나 둘은
포기하지 않고 계속 터널을 뚫었고
마침내 완성!
처음에 터널 하나를 뚫을 것을
예기치 않게 두 개의 터널을 뚫게 되었답니다.

* 임어당의 「생활의 발견」에서 서양인과 중국인의 차이를 설명하는 글 변용.

오리와 독수리

오리가 숲에서 독수리 알을 주웠어요. 오리는 그 알을 가져다 다른 오리 알과 함께 품었어요. 오리와 함께 자란 독수리는 자기가 독수리인 줄 몰랐어요. 어느 날 날개를 활짝 편 커다란 새가 하늘 높이 날고 있었어요. 그걸 본 독수리 새끼가 엄마 오리에게 물었어요. "엄마 저 멋있는 새는 뭐예요?" 엄마 오리는 독수리라고 말한 후 저 새를 보게 되면 무조건 숨어야 한다고 말해주었어요. 오리와 함께 자란 독수리는 끝내 자기가 독수리임을 알지 못한 채 오리로 살다 죽었어요.

우도 케플러(Udo Keppler), 미운 오리 새끼, 1906

프란츠 마르크(Franz Marc), 네 마리 여우, 1913

나뭇잎 세기

여우는 나무에 오르지 못해
나뭇잎을 셀 때 밑에서부터 센다.

다람쥐는 나무타기 도사여서
나뭇잎을 위에서 밑으로 내려오며 센다.

여우나 다람쥐나
다 센 나뭇잎의 개수는 같다.

사는 방식에 따라
누구는 밑에서부터 위로 세고
누구는 위에서부터 아래로 세고.

럭비공

땅에 닿으면 어디로 튈지 모르는 럭비공.
럭비공은 이상하게 생긴 자기 자신이 싫었습니다.
축구공은 차기 좋게
야구공은 던지기 좋게
탁구공은 치기 좋게
다 쓰임에 알맞게 생겼는데
럭비공은 헐~
럭비공이 방안에만 틀어박혀 나오지 않자
럭비 경기 자체가 사라졌습니다.

애덤 구스타부스 볼(Adam Gustavus Ball), 캥거루를 쫓는 개, 1872

바람과 바람개비

바람과 바람개비가 서로 싸워요. 바람은 바람개비에게
내가 있어서 네가 돈다고 하고, 바람개비는 바람에게 넌
원래 보이지 않는데 내가 돌아서 네가 있음을 안다고 하
고. 바람이 불 때마다 바람과 바람개비는 서로 싸워요.
자기 공이 더 크다고, 자기가 더 잘났다고.

크리스티안 크로그(Christian Krohg), 출항, 연대 미상

겸상

주문한 밥을
식당 주인이 쟁반에 담아 왔다.
세상에 혼밥이 유행이라지만
혼자 먹는 밥은 없구나.
파리 한 마리 집요하게
겸상하자고 덤빈다.

조지프 크리스천 레이엔데커(Joseph Christian Leyendecker), 성탄절 만찬, 1911

휴지

휴지는 아름답다.
더러워진 휴지는 더욱 아름답다.
예수님 부처님 공자님도
인류의 코피를 닦아준 휴지였다.
너는 언제 네 오물이라도 닦으려느냐.

에드가 드가(Edgar Degas), 몸을 닦는 여인, 1899

허버트 폰 허코머(Hubert von Herkomer), 파업 중, 1897

루돌프 사슴 파업

성탄절에 눈 내려요. 보플보플 내리는 눈은 차임벨에서 쏟아지는 은방울 소리 같아요. 딸그랑 딸그랑, 거리에 구세군 종소리 울려 퍼지고 불빛 찬란한 거리. 어? 그런데 올해는 산타할아버지가 안 오셔요. 루돌프 사슴들이 썰매 끄는 일을 거부했대요. 해마다 성탄절에 세계 곳곳을 누비며 산타할아버지 썰매를 끌었는데, 올해는 썰매 끌기를 파업했대요. 그동안 일만 시키고 아무 보상이 없어서 그랬대요.

사무라이 개미

사무라이 개미는 깡패 개미. 머리에 날카로운 송곳니가 있어 아주 험상궂어요. 여름 한낮 개미가 입에 흰 것을 물고 있으면 사무라이 개미가 곰개미를 노예사냥한 거예요. 곰개미는 성질이 순하고 날카로운 이가 없어요. 사무라이 개미는 곰개미 집을 습격하여 닥치는 대로 곰개미를 물어 죽인 후, 곰개미의 애벌레를 입에 물고 나와요. 그렇게 끌려간 곰개미 애벌레는 사무라이 집에서 일도 하고, 사무라이 개미의 애벌레를 기르며 살아요. 그리고 또 사무라이 개미가 누워 입만 벌리고 있으면 곰개미가 먹이를 먹여주기도 해요. 사람 중에도 곰개미와 사무라이 개미가 있어요.

호아킨 소로야(Joaquin Sorolla y Bastida), 또 다른 마그리트, 1892

프란시스 맥도널드 맥내어(Frances Macdonald MacNair),
진실은 우물 바닥에 감춰져 있다, 1912~1915

두레박

우물가에 있으면서
두레박은 늘 갈증에 시달렸다.
힘껏 길어 올린 물을
다 남을 위해 쏟아주었으니까.

그런 어느 날
두레박이 두레박 줄에게 말했다.
우물에 내려가 물을 가득 담는 순간
줄이 끊어지라고.
그러면 내가 물을 마음껏 마실 거라고.

툭, 줄이 끊어졌다.
물 밑으로 가라앉은 두레박은
영원히 다시 올라오지 못했다.

얼룩말

얼룩말에게 물었다.
"넌 검은 바탕에 흰 줄무늬가 좋으니
흰 바탕에 검은 줄무늬가 좋으니?"*

얼룩말이 대답했다.
"그게 뭐가 중요해?
난 다 좋아.
난 얼룩말이니까.

* 쉘 실버스타인, 『얼룩말의 물음』에서 따옴.

빌헬름 쿠너트(Wilhelm Kuhnert), 초원 위의 얼룩말, 1891

내 집 마련 성토대회

집값이 너무 올라 집을 사기 어렵게 되자 동물들이 주택 정책을 성토했다.

지렁이가 나왔다. 나는 반지하에서 사는데 비가 조금만 와도 물이 차 숨을 쉴 수가 없어요. 땅 위로 올라오면 흙이 없어서 길바닥에서 그대로 말라죽어야만 합니다. 이게 뭡니까, 이런데도 이게 나라입니까?

거미가 나왔다. 나는 그동안 그린벨트 안에서 그런대로 안정적으로 살았어요. 그런데 이번에 그 벨트가 해제되자 굴착기가 몰려와 집을 마구 부숴… 흑 흐윽, 거미가 말을 잇지 못하고 흐느꼈다.

제비가 나섰다. 요즘 아마 내 모습 보기가 어려울 거요. 우린 사람이 안 사는 집에는 집을 안 짓는데, 농촌에 사람 사는 집이 없어 집 지을 데가 없어요. 농약 때문에 숨

막스 베크만(Max Beckmann), 새들의 지옥, 1937~1938

쉬기도 어렵고.

마지막으로 달팽이가 나왔다. 우리는 늘 이동주택에 살아 주택 문제 해결의 선구자입니다. 국토부의 홍보대사로 여러 동물의 부러움을 사기도 합니다. 나는 평생 집이 딱 한 채입니다. 싫으나 좋으나 이 한 채로 살다 죽습니다. 그런데 부동산 투기하는 투기꾼들은 한 사람이 평균 42채를 보유하고 있습니다. 여러분이 살 집을 이 투기꾼들이 독차지하고 있어요. 여러분 억울하지 않습니까? 이런 데도 안 억울해요?

세 개의 안경

어느 날 우연히 한 책상에 세 개의 안경이 모였다. 하나는 컴퓨터 할 때 쓰는 안경, 하나는 TV 볼 때 쓰는 안경, 하나는 먼 거리 안경이다. 컴퓨터 안경은 늘 컴퓨터 앞에, TV 안경은 소파 옆에, 먼 거리 안경은 여기저기 놓아두는데, 처음으로 우연히 한자리에 모인 것.

컴퓨터 안경이 말했다. 난 주인님을 가장 잘 알고 있어. 일기는 물론이고 쓰는 글을 다 보고 있으니까.

TV 안경이 말했다. 주인님이 가장 좋아하는 안경은 나야. 내가 없으면 화면이 흐려 볼 수 없거든.

먼 거리 안경이 말했다. 무슨 소리. 내가 없어봐. 운전도 어렵지, 사람도 못 알아보지, 거리의 광고판도 볼 수 없지.

처음으로 만난 안경이 서로 인사도 없이 저마다 자기 자랑에 몰두했다. 어떻게 하면 주인인 내 눈을 잘 보이게 할까를 고민하지 않고, 저마다 저 잘났다고.

렘브란트(Rembrandt van Rijn), 안경 상인, 1624

폴 고갱(Paul Gauguin), 고갱씨 안녕하세요, 1889

쥐와 쥐며느리

어느 날 쥐며느리가 쥐에게 화를 내며 말했다.

"남들이 나를 당신 며느리라고 해요. 기분 나빠요."

그러자 쥐가 말했다.

"이름이 그런 걸 난들 어떡합니까? 나도 당신 같은 며느리 두고 싶지 않아요."

쥐와 쥐며느리는 서로 화가 나 씩씩거렸다. 그러다 쥐가 언성을 낮추며 말했다.

"전에 송장메뚜기를 만났는데, 자기 이름이 기분 나빠 죽겠다는 거야. 송장메뚜기가 뭐냐고. 자기는 살았어도 늘 죽은 메뚜기나 다름없다고. 그러고 보면 이름이라는 게 진짜 무서워요. 한번 나쁜 이름이 붙으면 죽으나 사나 그 이름으로 살아야 하니."

축구장 잔디

안녕, 나 축구장 잔디야.

난 잎이 매우 부드러워.

그래서 공이 잘 구르고 선수들 부상도 적지.

축구장에 깔렸다고 내가 밟히는 걸 좋아한다고 생각하진 마.

내가 가장 싫어하는 게 밟히는 거야.

그럼 축구할 땐 어떠냐고?

그래도 그 정도는 견딜 수 있어.

난 시원한 곳이 좋아.

덥고 비가 많이 오는 장마철은 싫어.

물이 많으면 뿌리를 못 잡아

금방 뽑히거나 밀려나거든.

일본이나 영국은 축구장의 나를 보호하기 위해 돈을 많이 써.

송풍기 에어컨도 돌리고 나를 위한 인공 채광기도 있어.

비가 많이 오거나 햇볕이 뜨거우면 지붕을 닫아주기도

해.

내가 왜 내 얘기를 자세히 하냐고?

세상엔 말하지 않으면 모를 것들이 너무 많거든.

에두아르드 비세칼(Edouard Antonin Vysekal), 헤르비그 가족, 1928

팻 킬리(Pat Keely), 네 눈이 어둠에 익숙해질 때까지 진정해, 1939~1946

어둠과 빛

수천 년 묵은 어둠이 있었다. 그 어둠은 깊은 동굴에서 살았다. 동굴은 어둠 때문에 아주 캄캄했다. 거꾸로 솟은 돌을 타고 흘러내리는 물방울 소리가 이따금 들릴 뿐. 수천 겹 어둠에 에워싸인 동굴은 그 자체로 캄캄하여 오랜 세월 만족했다.

그런 어느 날 밖에서 생쥐 한 마리가 동굴의 두꺼운 벽을 뚫고 들어왔다. 생쥐의 작은 이빨이 나무뿌리를 갉아 동굴에 작은 구멍을 내었다. 그 순간 빛이, 콩알만 한 구멍으로 쏟아져 들어온 눈부신 빛이 두꺼운 어둠의 정수리를 꿰뚫었다. 순간 어둠은 신음소리 하나 내지르지 못한 채 반으로 쪼개졌다. 세상에! 아무리 오래되어 크고 두터운 어둠도 순식간에 쏟아져 들어온 빛에 두 동강 나고 말다니.

달개비꽃과 코끼리

숲속의 동물들이 달개비꽃이 코끼리와 너무 닮았다고 수군거렸다. 그 소리를 들은 코끼리가 넓고 큰 귀를 펄럭거리며 그럴 리 없다고 했다. 고 작은 달개비꽃이 이렇게 큰 나를 닮다니. 하지만 수군거림은 멈추지 않았다.

어느 날 코끼리는 달개비꽃을 한번 자세히 보아야겠다고 생각했다. 풀숲 그늘진 곳에 작고 앙증맞게 핀 달개비꽃이 있었다. 코끼리는 그 꽃을 자세히 보려고 했지만 너무 작아 볼 수 없었다. 큰 무릎을 꿇고 꽃 앞에 쪼그려 앉을 수도 없었다. 자칫 잘못하면 그 꽃을 짓밟거나 깔아뭉갤 수도 있었다.

그런데 다른 동물들은 거리를 두고 보아선지 코끼리와 달개비꽃이 정말 닮았다는 것을 알았다. 달개비꽃의 파란 하늘빛 꽃잎이며 꽃 한가운데 길게 나온 꽃술이 코끼리의 큰 귀와 코를 닮았다고 생각했다. 어떤 소문도 터무니없이 나는 게 아니었다.

민정(閔貞), 코끼리와 말과 토끼, 1788

아치볼드 소르번(Archibald Thorburn), 모래톱 위의 송골매와 청둥오리, 연대 미상

참매와 검둥오리

검둥오리가 연못가를 산책하고 있을 때, 근처 풀숲에서 푸드덕거리는 소리가 들려왔다. 가까이 가보니 참매 한 마리가 그물에 걸려 있었다. 그걸 보고 잠시 망설이던 검둥오리는 참매를 구해주기로 했다. 두텁고 긴 부리로 그물을 자르고 헤쳐서 참매를 구해주었다. 죽다 살아난 참매는 오리에게 고맙고 감사하다고 두 번 세 번 절했다.

그 후 어느 날 참매가 오리를 저녁 식사에 초대했다. 오리가 도착했을 때, 참매는 저녁 식탁을 참매의 집 아래 판판한 바위에 차려놓았다. 참매 집이 높아서 오리가 못 올라올 것에 대한 배려였다. 드디어 참매가 김이 무럭무럭 나는 음식을 그릇에 담아 왔다. 참매가 음식을 검둥오리 앞에 놓으며 말했다. "오리고기 볶음인데 입에 맞을지 모르겠어요."

마당 화면

어느 날 작은 마당이 말했다. 1초에도 몇 번씩 바뀌는 TV만 화면이 아니라고. 마당 화면에도 새가 날고 고양이가 기어간다고. 세상에서 가장 느리게 가장 천천히 변하는 마당 화면. 봉오리에서 꽃 피는 걸 보려면 하룻밤 이상 기다려야 하고, 올여름 매미 소리 다시 들으려면 일 년을 기다려야 하는. TV나 휴대폰 화면에만 빠져 있지 말고 마당 화면을 좀 보라고. 미래는 거저 오는 것이 아니라 만들어지는 것이라고.

윈슬로 호머(Winslow Homer), 몽상, 1872

철학이 있는 우화
토끼의 식사법

1판 1쇄 발행	2025년 5월 31일
지은이	조재도
발행인	윤미소
발행처	(주)달아실출판사
책임편집	박제영
편집위원	김선순, 이나래
디자인	전부다
법률자문	김용진, 이종진
주소	강원도 춘천시 춘천로 257, 2층
전화	033-241-7661
팩스	033-241-7662
이메일	dalasilmoongo@naver.com
출판등록	2016년 12월 30일 제494호

ⓒ 조재도, 2025

ISBN 979-11-7207-051-9 03810